청어詩人選 193

사각
바퀴

김
원
식
시
집

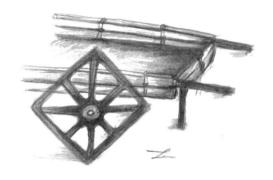

청어

사각
바퀴

김
원
식   시
집

'눈물나이'라는 시어를 탄생시키기까지

이승하(시인·중앙대 교수)

김원식 시인의 세 번째 시집이 세상의 빛을 보게 되었다. 2015년에 낸 두 번째 시집 『그리운 지청구』가 뼈아픈 사부곡이라고 한다면 이번에 내는 시집 『사각바퀴』는 애끓는 사모곡이라고 할 수 있다. 또한 실린 시의 절반 이상이 애절한 사랑노래다. 사실 이 땅 최초의 시는 고구려 제2대 왕 유리왕이 쓴 「황조가」로서 이별의 아픔을 노래했던 연애시였다. 「황조가」가 탄생한 기원전 17년 이래 향가, 고려가요, 황진이의 시조, 민요, 잡가, 판소리 춘향가……. 고대로부터 현대에 이르기까지 연애시의 역사만 살펴보아도 장강을 이룰 것이다.

오래 자리보전을 했던 시인의 아버지는 치매를 앓기 전에는 시인이 방송국과 영화계에서 제작자 혹은 기획자로 활동하고 시인으로서 상도 타고 천상병문학제 대회장까지 맡아서 하자 하나같이 마음에 들지 않아 하셨다. 늘 역정을 내던 아버지는 어느 날부터 침묵의 세계로 들어가셨다. 전형적인 가부장 옆에서 "벌서듯 산" 어머니는 자식을 늘 다독이고 감싸 안는 존재였다. 『그리운 지청구』에서도 어머니는 이런저런 꽃으로 형상화되고 있지만 이번 시집을 보니 낙화하고 만다.

시인의 어머니는 뇌졸중으로 쓰러져 고생하시다 돌아가신 것 같다. 살아 계실 때는 철들지 못한(?) 아들에게 지청구를 하곤 했었고 쓰러진 이후에는 눈으로만 지청구를 하였다. 이놈아 문학이 뭐기에 영화가 뭐기에……. 시인은 예술 없이는 이 세상을 살아갈 수 없다고 말하고 싶었으리라.

자세한 이야기는 나오지 않지만 여러 편의 시에 어머니의 임종을 못 지킨 것을 한탄하고 있는 것으로 보아 진방남이 부른 우리 옛 가요 ?불효자는 웁니다?란 곡이 생각난다. "불러 봐도 울어 봐도 못 오실 어머님을/ 원통해 불러보고 땅을 치며 통곡해요/ 다시 못 올 어머니여 불초한 이 자식은/ 생전에 지은 죄를 엎드려 빕니다." 뭐 이런 가사였다. 시인은 어머니의 2주기에 맞춰 이 한 권의 시집으로 속죄할 생각을 한 것이리라.

　　얼마나 미웠으면
　　나 없는 날을
　　택해서 가셨을까

　－「마지막 어버이날」 부분

6

마지막 인사도 못 드린 나는,
　　엄마의 칠월을 밤이면 울었다

　－「울음 감옥」 부분

　　임종도 못 본 엄마에게
　　대속의 십자가를 긋는지도
　　너는 꽃이 아닌 한낱 잎이다

　－「산딸나무꽃」 부분

　어머니의 영전에 바치는 이런 유의 시가 다수 있지만 역시 이번 시집의 주된 흐름은 연애시다. 단언하건대 이 시집의 시편 중 다수가 노래로 만들어질 것이다. 어떤 시는 애절하고 어떤 시는 처절하다. 인간이란 애당초 모순덩어리다. 때가 되면 헤어질 것을 뻔히 알면서 자기 짝을 찾아서 미친 듯이 열렬히 사랑한다. 이 세상의 남자들은 애인과는 이별하고 아내와는 사별한다. 짝을 잃고 흐느껴 울고, 그리움에 몸부림을 친다. 이번 시집에서 제일 자주 만나는 시어가 '눈물나이'가 아닐까.

　김원식 시인은 '눈물나이'를 하나의 낱말로 만들었다. 눈물의 의미를 아는 나이가 되었다는 뜻일 터. 부모님을 여의고, 애인을 떠나보내고 눈물의 나이를 먹게 되었다는 뜻일 수도 있겠다.

독자여 한번 세어보시라. '눈물나이'가 이번 시집에서 몇 번 나오는지를. 아래에 인용하는 시를 읽어보시라. '절창'이라고 하지 않을 수 없다.

가끔은 당신 때문에
아프지 않은 척 사는 일
당신이 끝사랑이라며
사랑쯤 무심한 척 사는 일
다시는 울지 않겠다며
매양 그리움을 키우며 사는 일
별을 점등한 호수카페에서
눈물이 기억하는 가장 낮은 현
G선상의 아리아를 굳이 듣는 일
불면의 아침을 사는 일
가끔 이별에게 묻기도 하지
목숨 바쳐 사랑한, 그 숱한
사랑의 무덤은 다 어디 있는지

―「이별을 사는 일」 전문

시인은 최근에 '한겨레 문인협회'를 발족시키고 계간『한겨레 문학』을 창간하였다. 이 두 가지 다 사실은 봉사활동이요. 희생정신의 산물이다. 부디 지금까지의 아픔과 슬픔의 눈물은 다 전북 완주 대둔산 계곡물에 다 흘려보내고, 이제는 대한민국 문학계의 중심에 우뚝 서 아름다운 서정시의 수를 놓아가길 바란다. 시인은 또한 독실한 기독교인인 것으로 안다. 앞으로의 행보에 하나님의 가호가 있기를.

서문

눈물소리 서늘한 초하,
백합이 피었다는 것은
엄마 추모일이 가깝다는 것.
꽃자리마다 불효자리다.
용서받을 수 없는 일생,
참회의 사각바퀴를 끌겠다.
시는 아직도 아득하여
천상의 엄마 지청구를
그냥 받아 적기만 했다.
깜냥도 안 되는 알량한 글을
이 땅의 뼈가 되어 주신
위대한 어머님들께 바친다.

2019년 어머니 추모일에
김원식

차례

2부 눈물이 기억하는 가장 낮은 현

1부

이별, 그 아름다운
사랑에 대해

꽃말이 먼저 피는 백동백

절망이 허공을 뛰어내리던 날
오랜 이별을 뭉긋거리다가 나,
한 송이 곳갓*을 꺾은 적 있다
모가지 채 져도 좋을 사랑이라고
애써 비릿한 최후를 위로하면서
진도 동석산 귀양살이를 풀었다
여염집 돌담 풍문 따라 걷는데
수묵으로 친 운림산방 여백에
은밀한 사랑이 먼저와 피어 있다
당신만을 사랑한다는 꽃말 속에
저리 숨어 핀 흰 동백 사연이나
한때 우리도 타인이었던 것처럼
동박새 울어쌓는 속내는 묻지 말자
목숨 채 져도 좋았을 사랑
문신 같은 여자 백동백 툭, 진다

---

* 곳갓: 첩의 옛말, 은밀한 여자

이별, 그 아름다운 사랑

차마 쓸 수 없는 말도 있다
그대를 결별하고자
목련꽃은 세 번을 댕겨갔다
가을, 가을 그리고 가을이
골목으로 들어선 그림자처럼
내 안을 빠져나갔다
문밖의 이별을 기다린다
눈물이
썰물로 멀어지는 선유도에서
자목련을 함께 피웠던 그해,
그 봄을 마침표로 부쳤다
사랑의 문장만 반송되었다
널 위해서라는 추신은 없었다

강 건너 그리움

봄 강은 제 얼굴을
다 보여줄 수가 없다
얼음 박힌 가슴팍을
다 내보일 수도 없다
부유하는 풍문이나
상흔 때문만은 아니다
햇살의 풍문인 안개와
산 그림자를 불러들여
해빙의 속내를 감춘 이유,
명징한 그리움 때문이다
강 건너 두고 온
연둣빛 사연 한 잎
자꾸만 손짓하기 때문이다
일어나 품지 못하고
먼발치 눈물로만 출렁이는
수평의 운명론자
두물머리에는 억겁의
슬픔을 미는 그리움이 산다

이별을 사는 일

가끔은 당신 때문에
아프지 않은 척 사는 일
당신이 끝사랑이라며
사랑쯤 무심한 척 사는 일
다시는 울지 않겠다며
매양 그리움을 키우며 사는 일
별을 점등한 호수카페에서
눈물이 기억하는 가장 낮은 현
G선상의 아리아를 굳이 듣는 일
불면의 아침을 사는 일
가끔 이별에게 묻기도 하지
목숨 바쳐 사랑한, 그 숱한
사랑의 무덤은 다 어디 있는지

그리움의 거리

그리움은 저문 봄 같다
이별의 상흔도
어쩌면 꽃자리 같아서
명자 꽃이 졌다고
봄이 영영 지는 것은 아니다
그대 눈물샘 고슬해지고
슬픔 또한 환하게 웃는 날
그립지 않을 만큼 거리를 두고
내 마음은 그때 진 줄 알아라
내 그리움은 돌연 꽃 되어
결코 꽃자리조차 남기지 않겠다

상처도 꽃이다

지는 꽃처럼 이별도 꽃이다
어느 날 사랑으로 피어나서
한 시절 뜨겁게 흥건했다면
꽃처럼 질 줄도 알아야 한다
사랑의 사계도 숲과 같아서
가을엔 처연히 단풍이 든다
그러니
사랑했던 모든 상처들이여
함부로 슬퍼하지 말라
결별로 인한 투명한 슬픔
그 상처 깊은 꽃자리에도
그대의 향기는 지지 않는다
꽃다운 상처는 사랑의 향기다

칠월 스무날

얼음장처럼 쩌억 쩍
눈물에 금이 가던 날
갑골에 결별을 전각한
낮별도 처음 울던 날

이별을 켜다

5도씩 낮게 이별을 조율한다
활로 켜든 피치카토 연주든
아주 낮은 속삭임부터
5옥타브 격정의 사랑을 켰다
갑자기 독주가 멈췄고
몇 개의 현이 튕겨 나갔다
한 줄로도 합주는 가능하다고
열정을 커던 내가
그 끊긴 줄이었다
여전히 서로를 연주했지만
얼개가 다 부서진 사랑을
저만 모르고 부풀었던 것이다
애절한 G현의 절규가
이별의 서곡임을 오늘사 알았다
줄 끊긴 바이올린의 변주곡은
어쨌거나 이별의 일이었다

낙화, 동백

흑매처럼 절정일 때
그녀를 보지 못하고
달매진 눈밭의 순교
그녀를 차마 보았네

그런 사람

사는 동안 한 사람쯤
기다릴 사람이 있었으면 좋겠습니다
수술실에서 한 사람쯤
불러볼 이름이 있었으면 좋겠습니다
사십 도가 훨씬 넘는 그리움을
눈물 같은 링거로 달래며
생의 마지막을 깨달았습니다
하얀 시트 한 장이
삶과 죽음의 경계라는 것을
기억 속 얼굴을 시트로 덮고
나에게 이별의 편지를 띄웁니다
굳이 이런 슬픔을 꺼내지 않아도
넌지시 손수건 한 장 건네주는
그런 사람이 있었으면 참, 좋겠습니다

이별 후기

결별 후 수수천일
돌연 꽃처럼 살았다
여태껏 나는,
너의 목숨이었다
죽어 천년을 또,
그 기다림을 살겠다

꽃의 시

꽃에게 말을 걸다가
꽃답게 사는 법을 궁리한다

그대에게서 낙화한 후
비로소 해독한 꽃의 문자

상처 위에 핀 향기 한 줄

선유도

파고는 여전히
뱃길을 허락하지 않았다
그리움 묶인 포구에서
바람의 회초리를 맞는다
끝끝내
옛사랑에게 닿지 못하고
우두망찰
망주봉만 바라보다가
눈물이 밀물이 될 때쯤
마음자리를 돌렸다
훌쩍이는 바다 귀퉁이에
이별의 문장을 적어 놓았다
먼 후일 그대도 알아차릴
사랑, 그 아름다운 이별에 대해

이별화

너라는 천둥벼락 생가슴 관통하고
탱천한 그리움에 꽃무릇 죄다 지면
허공엔 푸른 이별만 초승달로 떠있네

U.S.B

사랑의 기억법은
함께 했던 사소한 시간을
서로 행복하게 공유하는 일

이별의 기억법은
가장 아름다웠던 순간을
서로 아프게 추억하는 일

사랑은 주관적인 향기로
이별은 상대적인 상처로
서로 편집해서 저장하는 일

화인花印

꽃살문에 갇힌
첫사랑 꽃자리

장마

　별루別淚 같은 억수 속에서도 개양귀비는 덧없는 사랑이라고 초연히 꽃말을 적시고, 외사랑 능소화는 단 한 번의 사람을 저리 기다리고 있구나. 나도야 솔가리 같은 결별, 그 벼락같은 그리움을 확, 불질러 버리고 싶은 눈물나이다.

2부

눈물이 기억하는 가장
낮은 현

한 슬픔이 슬픔에게

꽃의 속도로 지는 봄날
해거름 꽃자리에 서면
쓸쓸하지 않은 배경이 또 있으랴
사랑을 내어준 그리움으로
외롭지 않은 울음이 어디 있으랴
이별을 견디다가
제 그리움에 걸려 넘어지고
달이 기운 만큼 서러운 생이여
저문 봄날엔 슬퍼도 서러워 마라
꽃 진다고 향기마저 다 잊겠는가
슬픔을 슬픔으로 문질러 닦으면
엄마의 별은 더 빛날지도 모른다

마지막 어버이날

'저 카네이션이 지혈이 안 되는 불효의 피 같다.'

이 문장을 따라
꽃보다 먼저
엄마는 떠나셨다

얼마나 미웠으면
나 없는 날을
택해서 가셨을까

그리움을 켜놓다

지난여름 아버지 찾아간
엄마의 전화번호를
여태 지우지 못했다
엔간하면 돌아오셨을까 봐
하루에 한 번씩 전화를 건다

들일 마친 다 저녁때
뒤안 능소화 싹 피었다고
전화를 주실 것만 같다
오늘밤은 머리맡에
잠을 켜놓고 기다려야겠다

G선상의 사모곡

G현은 저음의 일생이다
평생 속울음을 살다간
엄마가 눌러 놓은 말이다

사각 수레바퀴

평생 가난을 일궜던 엄마의 누옥에 손님처럼 들었다. 벌서듯 산 엄마의 울음 터였던 신덕 집 앞 350살 느티나무, 결별 후 낯빛이 유난히 수척하다. 아버지가 보낸 앞산 그림자도 잠시 뒤꼍에 들려, 지난했던 생전 안부를 살피고 다 저녁 때 돌아갔다.

달빛도 그렁한 새벽 두 시, 빈집의 적막을 토닥이던 친구 문우가 놓고 간 어둠을 끈다. 십자가를 긋던 형광등이 이별도 채 못한 엄마를 재 점등한다. 눈물나이의 후회를 훔치며 금단현상 같은 그리움을 재우려 뒤척인다. 내일은 경천 저수지 물이 불 것다.

불효막심한 후회는 항상 결별 뒤에 있다. 때로 그리움은 형벌이다. 사랑쯤 천년 후의 일, 그 시공을 참회의 일보일배로 채워야겠다. 둥근 바퀴가 될 때까지 불효의 사각바퀴를 끌겠다. 빈집의 밤은 하루보다 길고 슬픔은 장마보다 더 축축하다.

쉽게 쓰는 시

시인이란 슬픈 천명인 줄 알면서도[1]
살아서는 함께 여행 한 번 못하고
하늘 길마저 배웅 못한 자식이
엄마의 이름을 눈물로 베껴
이리도 쉽게 시를 쓰다니
헌시[2] 같은 시를 서슴없이 짓다니
불효의 면죄부라도 받을 깜냥인가
풍진 세상이라 함부로 말하지 마라
참회록도 부끄러운 시인이여
오늘밤엔 별도 제 낯을 숨기는구나

_____

1) 윤동주의 시 인용
2) 헌시(獻詩): 일본 학도지원병을 독려한 서정주의 친일시

오월우五月雨

오도카니 숲속 작은집에서
빗물의 눈동자를 들여다본다
빗방울은 왜
원형의 파장으로만 슬픔을 키울까
산안개처럼 퍼지는 슬픔의 넓이
내 몸에도 그리움이 피려는지
자꾸만 엄마 생각이 욱신거린다
내 불효와 그리움 사이로
추적추적 내리는 참회의 눈물,
오월비五月悲다
어머니를 살다간 세월을 적시는
오월우!
슬픔의 무게를 그리움의 넓이로
가만히 덮어준다

몹시 아픈 시

큰 일 겪고
슬픔이 컥,
목구멍까지 차면

울음을 꾹 쟁이는
외마디 절규
엄마

일보일배
무르팍으로 쓰는
참회록

목련꽃 부고

지는 꽃이 더 아름다운 사월
읽지 않은 책처럼 후회만 쌓인다
내 그리움도 목련꽃 지듯
뚝 뚝, 모가지를 떨구고 있다
그쯤 아버지의 길 따라
꽃보다 먼저 어머니는 떠났다
봄날의 슬픔을 가르는
그리움과 불효 사이 저만치,
엄마의 목소리가 우련하다
목련나무 아래 울음을 심는다
그리고 나에게 부고를 부친다
우표처럼 딱 붙어있는 후회 한 통을

눈물을 깎다

아버지의 치매는 오뉴월
미루나무처럼 잘 자랐다
생전처음 불효를 깎는다
입관하듯 발톱을 깎는데
툭,
눈의 뼈가 부서져 흐른다

단 한 번만

엄마의 뇌졸중은
나를 기다려 주지 않았다
비겁한 불효만 남았다
검은등뻐꾸기
슬픔의 끝을 우는 날
엄마 엄마 부르면
'응 아가' 하고
딱 한 번만 대답해 주세요

산딸나무꽃

저는 모릅니다
산허리쯤 까치발을 딛고
누구를 기다리는지
하얀 십자가 날개를
지상에 맨 나비처럼
하늘 향해 자꾸 흔드는지
그 이유를 알지 못합니다
얼마 전 제 품에서 죽은
아기 새의 생이 목에 걸려
오롯한 기도를 바치는지도
앞서 생각하면 몇 달 전
임종도 못 본 엄마에게
대속의 십자가를 긋는지도
너는 꽃이 아닌 한낱 잎이다
일갈하던 산딸꽃 향기 따라
먼 그리움을 익히고 있습니다

울음 감옥

수번 1258, 죄명은 불효다
수원법원 가는 하늘 길에
낮달이 조등처럼 떠 있다
어머니 떠나신 지 백 일째
슬픔을 견뎌온 시간들이
빨간 신호등에 걸려있다
고개 돌리면 배롱나무꽃
그리움을 꾹꾹 쟁여서
백일 동안 달군 울음덩어리를
벌서듯 매달고 서 있다
상엿소리 홀로 가던 날
목백일홍 떨어질 때마다
꽃상여는 자주 발길을 멈췄다고
그때마다 엄마는 뒤돌아보며
갇힌 자의 울음을 들었으리라
마지막 인사도 못 드린 나는,
엄마의 칠월을 밤이면 울었다

사각바퀴

평생 벼락을 맞고 사는 바위를
젖은 눈으로 오래 들여다본다
저 안에 옹이처럼 박힌 후회와
화석이 된 상흔을 꺼내 읽는다
엄마를 여읜 누군가의 눈물이
상형문자처럼 새겨져 있다
처연한 울음무늬를 해독해본다.
모난 것들은 대가를 치른다
밀물의 뺨을 맞고 우는 몽돌처럼
모든 둥근 것들의 지난 생애나
천추의 한이 된 불효가 그러하다
네모난 바위나 다각의 마음이
어디 제 스스로 둥글어졌겠는가
홀로 보낸 엄마가 되올 때까지
사각 돌바퀴를 끌며 나는,
평생을 무르팍으로 걸어야 한다
오늘 밤에는 더 이른 속죄로
뜬눈으로 엄마에게 닿을 것이다

눈물소리

애면글면 살다간
한 생을 어찌 지울까
사는 게 힘든 날
엄마생각이 절절하다
뒤꼍 능소화 폈다고
전화가 올 것만 같다
목소리가 잊힐까봐
엄마의 전화번호를
차마, 지우지 못했다
그리움 이는 저녁답
휴대전화 속 엄마를
꾸욱 눌러 본다
제 눈물소리만 들렸다

제비꽃

흐린 그믐달마저 꺼놓고
아궁이에 시름을 태우며
자주색 코르덴 치맛귀로
보릿고개를 훔치시던 꽃

복수초

눈보라를 일궈 보릿고개를 넘어도
가난은 한겨울 마늘 싹처럼 파랬다
볏가리 양달 아래 언 손을 불며
인삼밭 나래를 엮으시던 어머니
감나무 끝에 매달린 수척한 근심을
슬몃 못 본 척 눈길을 돌린 저만치
눈 섶을 들치고 해죽이는 얼음새꽃,
설연화는 엄마의 여느 해 봄이었다
궁핍한 살림에도 자식 같던 꽃
어떻게든 희망이었다

뎍국

생일이 뭔 대수냐고
에둘러 식구들 멀리
그리움을 꼭 쥐고 있는 아침
'아가 귀 빠진 날인디
거시기 뎍꾹은 머겄냐'
쉰을 훌쩍 넘은 애기가
엄마 없는 첫 생일에
전화만 기다리고 있다
사느라 욕본다고
토닥여 주던 목소리를
딱 한 번만 듣고 싶은
마지막이어도 좋을 생일
그리움의 가슴팍에
눈물나이를 파묻고
뎍국에 울음을 말아 먹는다

손맛

먼발치를 서성이던 그대는
겨우내 올 기미조차 없는데
남녘 고흥만 섬진달래는
먼저 와 해죽이고 있다
바다가 앞마당인 한옥에서
객고를 위로하듯
저녁밥상에 화전을 내준다
진달래전 맛이 입에 익어
화들짝 방문을 열어보니
마루 끝에 파도소리만 앉아 있다
고향이 이쪽이던 엄마는
없는 살림도 잘 버무려 내셨다
그리움을 덜고자 든 섬에서
외려 곰삭은 그리움을 비벼 먹는다
이 익숙하고 쓸쓸한 손맛

통증

어머니가 새벽을 타고 떠나던
구수골 일태네 초가지붕 위에
박꽃들이 어둠을 사르고 있다
감잎의 마지막을 살던 하루가
허공의 손을 놓은 된서리의 때
인삼보따리를 이슬머리에 이고
허리춤엔 근심의 저울추를 꽂고
엄마는 먼 고샅 행상을 살았다
어둠의 막차를 타고 와서도
장독대에 보름달을 켜놓고
자식소원을 빌며 새벽을 깨웠다
그런 날엔 새우잠을 주무시던
엄마의 끙끙 소리가 담을 넘었다
파리한 내 삶을 허덕거리다가
내년, 내년 수술을 미루던 사이
엄마는 까치밥처럼 위태로웠다
다 저녁때의 한 서린 나이에
엄마의 통증을 대신 앓고 있다
끄응, 뼛속에 눈물이 고인다

모란

간밤 뒤꼍 담벼락 위로
붉은 그리움이 벙글었다
어디서 본 듯한 얼굴
낯설지 않은 웃음이다
저 건너 구수골 밭으로
뉘엿뉘엿 걷던 뒷모습
'해찰 말고 언능 와'
먼데서 부르는 소리에
고개 돌아보면 목단꽃
아슬아슬한 생을 살다가
향기마저 잃어버린 꽃
빈집에 엄마가 웃고 있다

끙

함몰된 관절마저 세우던 애옥살이
삭신을 발라 자식공부를 시키시던
'끙'
등뼈에 전각된 회한의 사모곡이다

3부

입을 갖지 않은 것을
위한 기도

근황

산딸나무 십자가 아래
내 마음은 내부수리 중

군자

입이 있어도 결코,
세상의 허물을 말하지 않았다
누구든 다가와 손을 내밀면
사느라 애썼다고
따뜻한 차 한 잔 말없이 건넬 뿐
기다림이 오지 않아도
눈 내리는 간이역 자판기는
불면의 삶을 불평하지 않았다

화우花雨

어쩌면 4월에 내리는 비는
꽃숭어리 같은 울음일지도 몰라
슬픔을 관통한 상처자리에 핀
꽃들의 서러운 눈물일지도 몰라
아득한 허공의 푸른 절벽을
단박에 뛰어내린 꽃들의 결별
사월이 지는 울음일지도 몰라

가로등

새벽녘 졸음을 매달고
외눈으로 본 것이 어디
꽃들의 키스뿐이었을까
골목 안 삶들을 비추며
여태 목숨을 부지한 것은
입을 갖지 않은 것이었다
목련꽃 함부로 지던 밤
그대의 은밀한 치정도
눈을 감고 본 적이 없다
눈과 입을 걸어 잠그고
혹한의 골목 한데 서서
홀로 얼마나 말을 눌렀을까
찬이슬 젖은 눈썹 아래
결빙된 침묵이 매달려 있다
어둠이 지나간 골목길
누가 가로등 아래 울고 간다

꽃다지

외딴집 그 여자네
노랑저고리 섶에
분분한 소문이 피었다
싱긋거리던 입들
풍문에
봄 귀만 밝아진다

외사랑

지 아무리 귄 있는 자슥도
지 새끼 낭께 넘보다 들혀
자식이 아니라 손님이랑께

꽃멀미

시살이도 사링도
뜨겁지 않은 날
하많은 일 접고
꽃보라를 맞는다
화우花雨다
꽃물 닦고 보니
온몸에
꽃 상처투성이다

민들레

그때부터였을까
봄은 항상 나보다 먼저 핀다
애면글면 민초의 생을
제 몫인 양 피워 놓고
연초록에서 홀씨까지
일편단심 바람을 까불며 산다
홀연히 떠나던 밤엔
소쩍새 울음소리도 숙연했다
이별이야 꽃 지듯 오지만
어느 행성의 봄을 또, 빌려 살까

옆집 남자

한 사내에게서 배운다
소 힘줄 같은 원심력과
애틋한 회귀의 구심력을

어떤 생각

이 저녁 울 듯 말 듯
이별을 눌러 쓰다가
종이 한 장을 구겨버린다
금세 지구가 휑하다
함부로 도벌한 나이테
필시 나도, 미필적 고의다

詩답지 않다

한 철을 탈고할 나이다
문맹에게 쓴 시를 읽어주고
그가 이해할 때까지 퇴고하고
붓을 놓았던 백거이를 읽는다
공식처럼 문자를 조합한
난수표 같은 현대시들
시인보다 적은 독자들에게
암호화된 시를 강요한다
다행이 독자가 떠난 책상에
코끝 찡한 시편들이 앉았다
한글을 갓 띤 팔순 청춘들의
받침이 틀린 울음을 읽는다
깜냥도 안 되는 필력에
퇴고 생각만 난분분한 오후
천 명이 한 번 읽는 시보다
한 명이 천 번을 읽는 시*
그런 시 한 편 쓰고 싶다는
불경스런 욕망을 가져도 될까
이 시도 너무 길고 인습적이다

---

* 백우선의 시 「괜히」에서 인용

그러니 4월에는

사월엔 공연히 전화하지 말게
행여 지나다 들려
마당에 살구꽃이 한창이거든
꽃가지 꺾어 마루에 놓고 가게
시방은, 장끼 울어쌓는 앞산
어머니 산소 진달래가
꽃답게 피었는지 안부차 가네
혹시 그대가 꺾어놓고 간 소식
꽃잎 띄워 잘 우려 마시면
한 열흘 꽃몸살을 앓을지도 몰라
그러니 사랑하는 이여
꽃 질 때까지 소식쯤 없다 해서
만화방창 사월에는 서러워 말게

달이 뜨지 않는 수월봉에서

지슬밭 고랑을 따라
일몰의 배후를 만나러 간다
동백꽃 허공을 뛰어내리듯
주상절리로 몸을 던지는 산화
수월봉* 엉알마저 태운다
그 일몰의 배후는 차귀도다
바람이 세운 푸른 절벽과
민낯의 바다를 일거에 제압
낙조의 제국을 완성한다
수월정 하늘마저 죄 태워
달의 얼굴도 볼 수가 없다
검불 같이 탔던 첫사랑처럼
별도 달도 불의 혀 속에서
단박에 타다가 사라진다
폼페이도 저 낙조가 태웠을까

―――――――――

* 수월봉 : 제주 차귀도 해안 낙조의 언덕

삶이 자꾸 아프다고 말할 때*

― 김재진 사백

멧비둘기 G현을 켜는 곳
인왕산 유나방송 선경엔
꽃들이 향기를 기대고 산다
오죽烏竹 닮은 시인의
먼 기다림과 그리움 사이로
간절한 사모곡이 피고 진다
벚꽃바람 이는 여느 봄날
시와 음악을 죄 피워놓고
삶이 자꾸 아프다고 말하는
사람들의 상처를 토닥여준다
때론 눈물나이를 소요하며
행성의 별이 된 엄마에게
하모니카로 안부를 부친다
엄마의 병실에 그린 입들이
말을 할 때쯤 화가가 된 시인
고흐처럼 세속의 귀를 닫고
산다고 애쓰는 사람에게*
25시의 위로를 건네고 있다
지는 꽃들에게 말을 걸며
초록별 여행자로 살고 있다

---

* 김재진 시인의 시집 제목.

4부

빛나는 궁핍의
무르팍을 위해

응

비와 그리움 사이 죽단화는
'기다려 주오'
女中君子 같은 흰 금낭화는
'당신을 따르겠습니다'
십자가를 짊어진 산딸꽃은
'제 마음을 받아 주세요'
모두 산문 밖 는개비 속에
꽃말을 꺼놓았지만
'응' 하고 전화가 올 것 같은
雨요일의 맥없는 기다림이다

지게

비틀거리거나 넘어져도
받쳐 줄 이도 없는 생
개울가 저녁노을에 걸려
이따금 나뒹군 적도 있다
그때마다 절박한 끼니는
제 무릎을 딛고 일어섰다
사랑도 사치라던 지게질
그렇다고 작대기 없이
홀로서기를 감행한 적도 없다
바람이 먼저 쓰러져도
결코 넘어지면 안 되는 生
기댈 곳 없는 마음이여
빛나는 궁핍의 무르팍은
이 생에서는 내가 받쳐주겠다

단풍

객기도 멋이던 시절
이슬처럼 청춘은 지고
꽃자리가 봄이라고
나는 아직 젊다고
뻐꾸기 울음 몇 소금
허공에 뿌리고 나니
낯붉힐 일만 많아서
숨길일 버릴 일 투성이다
가려도 자꾸 얼굴 붉어져
시월 숲속 한 폭
부끄러운 과오로 물든다

냉이

연초록을 끓여 먹는다
된장 한 숟갈만 풀면
보릿고개도 맛이 돈다
흙이 키운 나는, 평생
엄마밥상으로 살고도
냉이만큼도 못 베푼다
엄마 손맛 닮은 너를
그저 뜯어 먹고만 살 뿐

빈 집

맥이 쭉 풀린 자전거가
담벼락에 기대 서 있다
그 멀던 뒷산도 내려와
그늘을 치며 놀고 있다
돌아보면 한 뼘의 궁핍
개 밥그릇 같은 마당을
햇살 몇이서 쓸고 있다
엄마의 일생을 빗질하며
보릿고개를 달그락대는
바람의 얼굴이 파리하다

고봉밥

엄마의 치성으로 이팝나무는
보릿고개 둔덕 위에서
다섯식구 튀밥을 튀기고 있다
그때쯤 하늬바람 불어오면
참을 수 없는 그리움 터지듯
아카시아도 구분도 쌀을 틔웠다
'쌀밥이다 여기고 실컷 먹어라'
아카시아꽃 버무리로 잠든 밤
이불 속 방귀마저 향기로웠다
깔 막진 보릿고개도 넘을 만했다

감자꽃

집 앞 둥구나무가 팔을 벌려
그늘을 쳐주던 농번기 도랑
반백의 달챙이 숟가락으로
가난의 껍질을 득득 긁어내면
하지 해는 그냥 지는 게 아니었다
산머루 빛 아홉 살배기 얼굴에
얼룩빼기 점묘를 그려놓고
모르는 척 산등성을 뉘엿거렸다

강남역

아침 여덟시는 백 미터 출발선 같다
F1 경주차가 굉음보다 앞서 달리듯
지하철을 탈출한 시간이 무한 질주한다
김밥 한 줄의 길을 쏜살 같이 달린다
강남역 여덟 시의 결승점은 어디일까
늦으면 생의 어떤 곳이 먼저 탈락할까
환치기하듯 산 강남살이 삼십 년,
출근 지옥철은 늘 생경한 내 시 같다
익숙한 역을 뭉긋대다가 길을 놓쳤다
돌아보면 놓친 길이 어디 밥뿐이랴
애옥살이에도 제철 향기 펼쳐놓고
꽃자리에도 사랑쯤은 틔우고 살았다
까짓 인파에 갇혀 못 내린 하루쯤은
잇몸 드러낸 흰 빨래처럼 웃고 말자
보도 위 위태로운 민들레도 저리 웃는다
(여백의 시간이 뛰는 시간을 토닥인다)

영흥도

파도가 밤새 흐느껴도
바다는 함부로 울지 않는다
해조음의 울음공양으로
결별을 채워가던 상현달
파도의 등을 토닥여 준다
모래알 같은 사랑들이
썰물로 멀어지는 영흥도
눈물지는 슬픔에 포개
나도 그대 품에 스민다
창문에 비친 나신 위에
와인의 혀 같은 파도가
재즈 음률로 써놓은 문장
그냥 철썩이며 사랑하라
밀물의 눈물소리 따라
한 생이 건너오고 있다
나도 그냥 철썩이며
온몸으로 그대를 맞이한다

관탈도 官脫島

제주해협과 추자도 사이 무인도
권세 등등했던 과거를 벗는다
관복도 관직도 다 벗어 놓고
무명 고의적삼으로 갈아입는다
부정과 탐욕의 늦은 후회로
눈물을 저어 귀양살이를 간다
관탈을 한다고 대속이 될까
늦은 후회를 소금기로 절이고
탱자나무 가시로 유배를 친다
육지가 그리운 날은 우렁우렁
가시 찔린 파도가 대신 울 터,
다만 꽃씨 한 톨 속죄로 틔워
섬백리향으로 그리움이나 쓸어라

헛똑똑이

생전에 엄마는
나를 헛똑똑이라 불렀다
지긋한 나이에
개미 곳간만한 재물도 없고
새들처럼 곤히 잠들
숲 한 평 갖지를 못했다
일보일배 세상을 밀고 사는
자벌레보다 앞서지도 못했다
산다는 것은
좋을 때보다 힘들 때의 값이니
엄마의 근심도
하현달처럼 무장 기울었으리라
남 일 같던 시살이로
부러울 것 없던 인생이
저리 움푹움푹 패였다고
헛것이라고 연신 혀만 차셨다

산딸나무

흰나비 무리들의 항거다
초록의 덫에 발목 잡혀
하늘 향해 날지 못하고
제 마음을 받아 달라고
떼쓰듯 꽃말로 시위중이다
매개자를 유혹하기 위해
가짜 꽃으로 앉힌 포엽
십자 꽃받침 한가운데
보혈의 말씀을 피운다
진짜 꽃을 보기위해서는
위에서 내려다보라고
결코 고개를 숙이지 않는다
꽃답게 십자가를 살라한다
봄 한 자락을 개는 저녁답
나도 꽃들의 성지로 떠난다

천년의 시

한데 서서 천년을 살았다
천둥벼락 수만 번
수수천일 태풍을 맞으며
이룩한 묵언수행이다
세상이 휘청거릴 때마다
말씀을 선포하듯
구린내 나는 호외를 뿌렸다
엄정한 하늘의 이치를
경을 치듯 내려주는
용문산 은행나무
그 나이테 속 문자를
산문 밖 세상 소리를
너무 늦게 본다
관세음觀世音 더는,
세속의 길을 묻지 않겠다
뿌리의 피로 땅속에 쓴
팔만사천경이 읽힐 듯하니

햇살 한 되

세상은 영하 13도라고 하지만
삶은 대개 툰드라쯤에서 치열하다
삼십 도쯤 경사진 빙판길을
폐지 몇 장을 끌고 내려오는 궁핍
잡아줄까 머뭇거리던 궁리는
이내 주머니 속 온기를 택했다
그나마 미지근한 아침 햇살이
구멍 난 목장갑의 절망을 녹여준다
세상은 짐짓 무관심으로부터
울음이 더 깊어질 수도 있을 터
내게 허락된 햇살의 온도를
할머니 시름에 슬며시 얹혀 놓고
결핍의 시간 속을 의식처럼 통과한다

숲속의 작은 집*

그러니 묻지 마라
그대가 비켜간 영장산 선경을
숲속 작은집 산그늘에 앉아
홀딱새의 사연을 가만히 듣는다
라일락 향기 종소리처럼 퍼지고
황매 섶에서 나도야 꽃물이 든다
풍문은 모두 산문 밖에서 피는데
산비탈 외따로운 저 진달래
면벽중인 홍매를 어이 흔드는가
자목련 목봉을 틔워
연초록과 허공 사이에 쓴 시
여여하라.
먼 후일 슬픔처럼 그대 피어나면
이별, 그 아름다운 사랑에 대해
나는 다만 나를 잊고자 침묵하리
봄 한철, 숲속의 작은 집에 들어
꽃상처 토닥이며 은자로 살고 싶다

---

* 숲속의 작은 집: 분당 영장산 찻집

호수에게 길을 묻다

백련이 피었다고
호수에 뛰어든 산 그림자
수평의 이마 위로
꽃잎 한 장이 떨어진다
그 여자네 소문처럼
꽃잎의 파문이 퍼지자
청둥오리 자맥질이 분주하다
물위에 그려진 길을 끌다가
뒤돌아보니 제 발자국이다
행여, 호수의 얼굴이 검을까봐
날갯짓으로 얼룩을 지운다
오후 세시의 물결에 앉아
걸어온 길을 호명해 닦는다
오늘은 연꽃향기만 살라
내 허물부터 퇴고를 하자
사람의 마음을 물결치게 할
詩살이를 하고픈 날
호수의 고요를 받아 적는다

| 자서(自敍) |

해설을 붙이지 못하는 이유
— 스스로 불효를 세상에 발고하기 위해

　매지구름 때문만은 아니겠지만 충무로에서 길을 잃었다. 7월의 이마위로 떨어지는 빗방울을 멍하니 바라보다가 '이제 그만……' 혼잣말을 눈물로 흘린다.

　어쩌다가 나는 시의 한 획에도 미치지 못하는 글을 쓰며 살아왔는가. 생전 어머니는 나를 헛똑똑이라고 하셨다. 좋은 머리로 돈 잘 버는 사업 팽개치고 남 일 같던 시인으로 사느냐고. 젊은 날, 네 애비처럼 뭣 땜시 글을 쓰냐고 지청구를 하셨다. 그러면서도 야는 재능이 많아서 크게 될 거라고 동네방네 우쭐대며 자식을 치켜세웠다. 평생을 벌서듯 살다가 황망하게 떠나신 울 엄마. 아직도 들일 마치고 별일 없느냐고, 애들 키우느라고 욕 본다고 전화가 올 것 같아 엄마의 전화번호를 차마, 지우지 못했다. 외려 식구늘 몰래 베란나에서 임마의 진화번호를 꾸욱 눌러보곤 한다. 그때마다 엄마의 목소리 대신 제 눈물소리만 들렸다.

애면글면 살다간
한 생을 어찌 지울까
사는 게 힘든 날
엄마생각이 절절하다
뒤꼍 능소화 폈다고
전화가 올 것만 같다
목소리가 잊힐까봐
엄마의 전화번호를
차마, 지우지 못했다
그리움 이는 저녁답
휴대전화 속 엄마를
꾸욱 눌러 본다
제 눈물소리만 들렸다

- 「눈물소리」 전문

  좋은 시는 쓰지 못하고 좋은 시를 읽을 줄 안다는 것은 얼마
나 찬란한 슬픔인가? 이제 30년 시살이에 쉼표를 찍고자 한다.
누가 청탁한 것도 아닌 시살이였지만 1988년 첫 시집 『꿰맨 글
맞춘 세상』을 출간 후, 서른 해 넘게 문단 말석을 기웃거렸다.
삼십년 세월이면 태산을 옮기고도 남았을 터인데, 아직도 나는
시 쓰기를 온전히 익히지 못했으니, 시와는 이만하면 결별의 때
가 아닌가 싶다. 더는 나아갈 능력도 공부도 부족하니 이제, 카
메라에 담은 미천한 곡선의 삶을 산문집으로 남기고자 한다. 더

는, 시로서 엄마에게 불효하고 싶지 않다. 엄마의 소원이던 가정을 잘 건사하며 속죄의 여생을 살아야겠다.

돌아보니 깜냥도 안 되는 시객이 껍데기만 요란한 시살이를 한 것 같다. 여간, 조심스러운 게 아니다. 2002년 지리산 중산리에 귀천시비를 세우고 16년 동안 천상병문학제를 주최했고, 한국문협과 함께 프레스센터에서 윤동주 탄생 100주년 학술제 및 예술의 전당에서 윤동주 추모 음악회를 개최했다. 이런 일들이 가능했던 것은 절대적 후원자인 (사)한민족평화나눔재단의 S 시인님 때문에 모두 가능한 일이었다. 하나님의 크신 은혜였다. 진심으로 감사하고 고마움을 전한다.

살다보면 의도치 않은 행보도 있다. 시인으로 산다는 것을 고쳐먹은 적도 없는데, 아버님을 여의고 25년 만에 두 번째 졸시집을 출간했고, 다시 어머님을 수각황망 중에 홀로 보내고, 4년 만에 참회의 졸시집을 낸다. 알량한 시인으로 살기에는 낯붉힐 일이 너무도 많았다. 나의 결별과 그 결별이 완성하지 못한 사랑 앞에 이제나마 온전히 속죄한다. 행여 의도하지 않은 아픔을 준 적 있다면 해서하시라. 그리고 비틀거리던 내 삶이 함부로 내딛은 발길에 유명을 달리한 이름모를 풀벌레들을 위무한다. 나에게 한량 같은 시살이를 할 수 있도록 스스로 잘 자라준 두 아들에게도 늦은 고마움을 표한다.

객기도 멋이던 시절
이슬처럼 청춘은 지고
꽃자리가 봄이라고
나는 아직 젊다고
뻐꾸기 울음 몇 소끔
허공에 뿌리고 나니
낯붉힐 일만 많아서
숨길일 버릴 일 투성이다
가려도 자꾸 얼굴 붉어져
시월 숲속 한 폭
부끄러운 과오로 물든다

　　– 「단풍」 전문

　　스스로 지혜롭지 못해 타인에게 큰 피해를 입고 둔세자로 살
다가, 다시 시작하려니 눈물나이의 엄마가 한없이 그립다. 사
는 게 힘든 날, 그냥 맥없이 대둔산 기슭 경천 저수지를 서성거
리다가 집에 들린 적이 있다. 엄마의 부르튼 손마디를 뜬금없이
만져보고, 그냥 힘들어서 왔다고 속으로만 되뇌다 마당을 나설
때, 객지에서 사느라 욕본다고 거친 손으로 등을 토닥여 주시던
울 엄마. 그 엄마의 땀으로 굳은살이 박힌 마당엔 이제, 말라붙
은 개밥그릇과 그늘 두어 평이 널브러져 있다. 해마다 이맘때면
뒤꼍에 능소화 싹 폈다고, 언제 보러 올 거냐고 전화를 주시던
엄마. 돌아보면 엄마의 삶은 평생 40kg를 넘겨본 적 없는 궁핍

한 노동의 눈물로 사신 것 같다.

　　맥이 쭉 풀린 자전거가
　　담벼락에 기대 서 있다
　　그 멀던 뒷산도 내려와
　　그늘을 치며 놀고 있다
　　돌아보면 한 뼘의 궁핍
　　개 밥그릇 같은 마당을
　　햇살 몇이서 쓸고 있다
　　엄마의 일생을 빗질하며
　　보릿고개를 달그락대는
　　바람의 얼굴이 파리하다

　　－「빈 집」 전문

　　한 번도 칭찬을 받아본 적 없는 전교 1등 성적표는 엄마에게
는 평생의 한이었고 기도 제목이었다. 저것을 어찌 가르키냐고
연신 혀를 차시며, 한숨이 구만구천두였던 엄마의 생. 역설처
럼 공부 열심히 해서 꼭 집안을 일으켜 세워야 한다며, 부지깽
이도 뛰어다니는 농번기에도 내겐 그 흔한 심부름 한 번 시키
지 않았다. 하물며 농사일은 철도 모른다. 이렇게든 지식 학비
를 장만하려고 남의 밭일 뙤약볕 아래 뇌졸중이 왔어도 찬물 한
바가지로 이겨내셨던 울 엄마. 종내는 황망하게 그 뇌졸중으로

떠나신 울 엄마. 그 엄마를 나는 임종도 지키지 못했고, 장례식에도 참석하지 못한 채 홀로 보냈다. 배롱나무꽃 흐드러진 염천의 칠월이었다.

고개 돌리면 배롱나무꽃
그리움을 꾹꾹 쟁여서
백일동안 달군 울음덩어리를
벌서듯 매달고 서 있다
상엿소리 홀로 가던 날
목백일홍 떨어질 때마다
꽃상여는 자주 발길을 멈췄다고
그때마다 엄마는 뒤돌아보며
갇힌 자의 울음을 들었으리라
마지막 인사도 못 드린 나는,
엄마의 칠월을 밤이면 울었다

―「울음 감옥」부분

어쩌다가 나는 이런 불효 막급한 불효자가 되었는가? 엄마는 얼마나 내가 미웠으면 나없는 날을 택해서 느닷없이 가셨을까? 경천동지 할 일이다. 죽는 날까지 사각 돌바퀴를 끌며 참회하며 산들 무엇하랴. 어차피 어머니는 다른 행성에 계신데……. 크리스천이었던 엄마를 화장하여 납골당 한편에 쓸쓸히 유배시켜 놓은 죄 또한 커서, 겨우내 심한 우울증을 앓으며 광인狂人처럼 흑암 속에서 살았다. 하지만 엄마 없이도 봄은 다시 왔다. 나는 분당 영장산 숲속의 작은 집에 들어 온전히 봄 한철과 초하 내내 나를 감금시켰다. 홍매가 지고 진달래가 잠시 들렀다가 간, 죽단화 곁 라일락 향기에 공허한 마음을 기대고, 자벌레처럼 일보일배 참회를 하며, 모란이 질 때까지 둔세자로 살았다. 약에 의존하며 불면의 봄을 살던 생일 아침에, 나는 엄마의 목소리를 들었다. 그리고 내 의지와는 무관하게 엄마가 불러준 130여 편의 초고를 받아 적었다.

생일이 뭐 대수냐고
에둘러 식구들 멀리
그리움을 꼭 쥐고 있는 아침
'아가 귀 빠진 날인디
거시기 며꾹은 머겄냐'
쉰을 훌쩍 넘은 애기가
엄마 없는 첫 생일에
전화만 기다리고 있다
사느라 욕본다고
토닥여 주던 목소리를
딱 한 번만 듣고 싶은
마지막이어도 좋을 생일
그리움의 가슴팍에
눈물나이를 파묻고
며국에 울음을 말아 먹는다

－「떡국」 전문

　눈물 자국 선명하던 유월, 다시 지독한 사랑앓이를 했다. 엄마의 환생 같은 사랑에게 딱지 진 날카로운 우울을 일 년 내내 쏟아냈다. 사랑보다는 이별의 때를 먼저 비하는 오래된 습관 때문에 다시, 방황의 늪에 빠진 것이다. 그리움의 넓이만큼 흔들렸고 상처의 깊이만큼 불면을 살았다. 홍매가 필 무렵, 나도 모르게 시마詩魔가 끼었다. 미친 듯이 엄마의 지청구를 받아쓰면서 기적처럼 나를 회복하기 시작했다. 그리고 꽃자리에 나를 유배시키고 이별을 탈고하고 사랑을 끄적이기 시작했다.

　　파도가 밤새 흐느껴도
　　바다는 함부로 울지 않는다
　　해조음의 울음공양으로
　　결별을 채워가던 상현달
　　파도의 등을 토닥여 준다
　　모래알 같은 사랑들이
　　썰물로 멀어지는 영흥도
　　눈물지는 슬픔에 포개
　　나도 그대 품에 스민다
　　창문에 비친 나신 위에
　　와인의 혀 같은 파도가
　　재즈 음률로 써놓은 문장

그냥 철썩이며 사랑하라
밀물의 눈물소리 따라
한 생이 건너오고 있다
나도 그냥 철썩이며
온 몸으로 그대를 맞이한다

– 「영흥도」 전문

그리고 일 년이 지났다. 어머니 추모일에 나는, 졸필로 나의
허물을 세상에 고발하기로 작정했다. 사랑도 시도 덜컹거리기
는 마찬가지였다. 다시 시를 쓸 수 있을까라는 간단없는 도돌
이표를 두드리며 69편을 이 시집에 묶었다. 탈상을 치른 기분
이다. 어쩌다가 이렇게 부랑자 같은 신세가 되었을까? 어머니
의 한 서린 눈물을 찍어 쓴 시편이 여럿인데, 이번 시집에서도
아이러니하게 아버지에 대한 시는 단 한 편 밖에 없음을 보고
적잖이 놀랐다. 제발 엄마에 대한 타박은 그만 두시고 그 곳에
서는 부디, 서로 다정하게 영원을 사셨으면 하는 바람이 불효
자의 기도다.

얼음장처럼 쩌억 쩍
눈물에 금이 가던 날
갑골에 결별을 전각한
낮별도 처음 울던 날

－「칠월 스무날」 전문

　어머니 추모일을 맞아 엄마에게 다음 생애를 포함한 소원이 단 한 가지 있다. 어머니를 딱 한 번만 뵙고 엎드려 이마를 찧으며 용서를 구하고 싶다. 그리고 꼭 가셔야만 한다면, 천국까지 엄마를 업어서 모셔다 드리고 싶다. 대오각성도 너무 늦었다.

　지금까지의 울퉁불퉁한 표현들이 이 시집에 해설을 붙이지 못한 이유들이다. 천하의 불효자가 엄마의 지청구를 옮겨, 적어도 나처럼 불효자는 되지 말라고 읍소하는 시집에 무슨 설명이 필요할까? 불효를 팔아 문학상을 수상할 것도 아니요. 재량도 요량도 없는 필부의 졸시에 무슨 사족을 달아 시를 시로서 분석할 가치가 있을까? 스스로 불효를 세상에 발고하여 뭇매를 맞는 편이 더 마음이 편할 것 같다. 그런 연유로 해설을 반성문으로 대신하며 나는, 평생 사각바퀴를 끌며 참회하며 살겠다.

　평생 벼락을 맞고 사는 바위를
　젖은 눈으로 오래 들여다본다
　저 안에 옹이처럼 박힌 후회와
　화석이 된 상흔을 꺼내 읽는다
　엄마를 여읜 누군가의 눈물이
　상형문자처럼 새겨져있다
　처연한 울음무늬를 해독해본다.

모난 것들은 대가를 치른다
밀물의 뺨을 맞고 우는 몽돌처럼
모든 둥근 것들의 지난 생애나
천추의 한이 된 불효가 그러하다
네모난 바위나 다각의 마음이
어디 제 스스로 둥글어졌겠는가
홀로 보낸 엄마가 되올 때까지
사각 돌바퀴를 끌며 나는,
평생을 무르팍으로 걸어야 한다
오늘 밤에는 더 이른 속죄로
뜬 눈으로 엄마에게 닿을 것이다

– 「사각바퀴」 전문

끝으로 소강석 담임목사님과 김재진 사백님 그리고 이승하 교수님께 고마움과 마음 속 깊은 경의를 표한다. 나를 살리신 하나님께 큰 감사를 올린다.

김원식(한겨레문학 발행인)

사각바퀴

김원식 시집

발 행 처 · 도서출판 **청어**
발 행 인 · 이영철
영   업 · 이동호
홍   보 · 이용희
기   획 · 천성래
편   집 · 방세화
디 자 인 · 이혜니 | 이수빈
제작이사 · 공병한
인   쇄 · 두리터

등   록 · 1999년 5월 3일
(제1999-000063호)

1판 1쇄 인쇄 · 2019년 8월 10일
1판 1쇄 발행 · 2019년 8월 20일

주소 · 서울특별시 서초구 남부순환로 364길 8-15 동일빌딩 2층
대표전화 · 02-586-0477
팩시밀리 · 0303-0942-0478

홈페이지 · www.chungeobook.com
E-mail · ppi20@hanmail.net
ISBN · 979-11-5860-681-7(03810)

이 도서의 국립중앙도서관 출판시도서목록(CIP)은 서지정보유통지원시스템 홈페이지
(http://seoji.nl.go.kr)와 국가자료공동목록시스템(http://www.nl.go.kr/kolisnet)
에서 이용하실 수 있습니다.(CIP제어번호: CIP2019030100)